Onderdanige fantasie

Oorheersing en erotiese onderwerping

Erika Sanders

Onderdanige Fantasie
Erika Sanders
Reeks
Oorheersing en erotiese onderwerping

Eerste uitgawe: 2023

Opsomming

Ek haal diep asem en blaas dit stadig uit en lek my droë lippe af.

Was hy net 'n uur lank in beheer?

Of ten minste die opsie om weg te loop?

Ek het gehoor hoe hy in die kamer rondbeweeg, die TV wat weer aanskakel ... besef hy wag vir my om gemaklik te raak.

Ek het my oë toegemaak, nie dat dit saak maak nie, want ek kon in elk geval nie deur die blinddoek sien nie ...

Onderdanige fantasie is 'n verhaal met sterk erotiese BDSM-inhoud en behoort op sy beurt ook tot die Erotic Domination-versameling, 'n reeks romans met hoë romantiese en erotiese BDSM-inhoud.

(Alle karakters is 18 jaar of ouer)

Nota oor die skrywer:

Erika Sanders is 'n internasionaal bekende skrywer, vertaal in meer as twintig tale, wat haar mees erotiese geskrifte, ver van haar gewone prosa, met haar nooiensvan onderteken.

Indeks:

ONDERDANIGE FANTASIE
ERIKA SANDERS

HOOFSTUK I

Nou het jy jouself regtig in 'n verknorsing beland."

Ek snork saggies.

Dit was 'n baie onaardige klank, maar vir die oomblik kon ek net ink aan wat volgende sou gebeur.

Het hy regtig tussen die lyne van al ons e-posse gelees?

Van aanlyn geselsies?

Van die laataand telefoonoproepe?

Miskien moes dit meer subtiel gewees het.

Dit is wat al die tydskrifte sê, reg?

Ouens het nodig dat ek vir hulle sê wat om te doen.

"Ontspan, Debbie."

Die fluistering teen my oor het my laat spring.

"Maklik vir jou om te sê, Harry."

"Ssj. Ek sal terug wees."

Ek haal diep asem en blaas dit stadig uit en lek my droë lippe af.

Was hy net 'n uur lank in beheer?

Of ten minste die opsie om weg te loop?

Ek het gehoor hoe hy in die kamer rondbeweeg, die TV wat weer anskakel ... besef hy wag vir my om gemaklik te raak.

Ek het my oë toegemaak, nie dat dit saak maak nie, want ek kon in lk geval nie deur die blinddoek sien nie, en ek het daaraan gedink vroeër anaand ...

HOOFSTUK II

Ek het my selfoon opgetel en uitasem.

My vinger het oor die STUUR-knoppie gesweef, my oë vasgenael aan die twee woorde op die skerm: Ek is HIER.

Ek het diep asemgehaal en my lot verseël en gebid dat my senuwees sou bedaar, dat ek nie meer naar voel nie.

Daar was nou geen terugkeer nie.

Die geluid van 'n toilet wat spoel het die geluid van 'n nabygeleë foon verdoof.

'n Oomblik later het die deur voor my oopgegaan en my senuwees is vergroot.

"Gaan jy die hele nag daar staan?" Hy sê stil.

Die diep stem kom uit die verligte deur.

Harry

Ek hoef nie meer my oë toe te maak om dit te verbeel nie.

Sy breë skouers het 'n voet bo my uitgesteek, toegedraai in 'n knoophemp met die moue opgerol tot by die elmboë.

Sy obsidiaan oë staar in myne met 'n briljante blik.

Sy groot hande gryp die raam en deur vas terwyl hy in die gang af na my toe leun.

Ons laaste en eerste ontmoeting was 'n week vroeër by 'n gangster- en kabarettema-dans.

My eie terrein, my eie vriende, my eie gemaksone.

Dit was maklik om verlief te raak op haar sjarme, die manier waarop sy my omhels het wanneer ons stadig dans.

Die manier waarop hy my vilthoed in die parkeerterrein laat steek het voordat hy my saggies soen, terwyl sy vingers skaars aan my wang raak.

Die manier waarop hy in my oor gefluister het dat my besluit om 'n gangster aan te trek, hom aangeskakel het.

My knieë het gebuk terwyl hy teen my heup gedruk het, wat sy opwinding wys.

Dit het al my krag gekos dat ek vir die volgende sewe dae uit myself kan kom, veral by die werk.

Ons laataand geselsies op die telefoon en op die internet het nie gehelp nie.

So hoekom was sy so bang?

Ek het my verlustig in die oomblik wat ek al die tyd gefantaseer het ...

"Debbie?" Sy maak die deur oop en stap nou heeltemal uit in die gang, haar mondhoeke na onder. "Is jy OK?"

Ek het teen die muur teruggery en my aandsak oor my skouer gedruk.

Dit is 'n fout.

Ek moes nie gekom het nie.

Wat het ek gedink?

Wag, ek het nie gedink nie.

Ek...

Sy vingers borsel my wang terwyl hy my ken lig.

"Goed. Moenie bang wees nie."

"Wie ek?" My stem het bewerig geklink en glad nie selfversekerd nie, alhoewel ek geglimlag het.

Sy frons het verdiep.

Bekommernis en teleurstelling wys in sy donker oë.

"Wil jy dit nie doen nie?"

"Ja. Ek sal regkom."

Ek het van die muur af weggestap en na die leeukuil gemarsjeer.

Die deur het agter my toegeslaan en my laat spring terwyl ek die omgewing inneem.

Dit was 'n standaard hotelkamer met 'n Jacuzzi-bad aan die linkerkant, die klerereling in 'n alkoof aan die regterkant, en 'n oop-voor-suite met twee lampe en 'n digitale horlosie op klein tafeltjies langs die enkelbed.

'n Bank, tafel, twee stoele en 'n lae kleedkamer met 'n televisie wat bo-op geskroef is, het die meubels afgerond.

Ongekoeld.

Maar toe, dit was nie 'n spesiale geleentheid nie.

Wel, nie een waarvoor jy 'n luukse hotelkamer sal huur, soos vir 'n wittebrood nie.

’n Sagte snork het my laaste gedagte ontgaan.

Nee, niks so belangrik nie.

Daar was 'n ruk aan my arm en ek het geknip.

My oë het gelig om syne te ontmoet, en sy sagte glimlag het die spanning effens verlig.

"Laat ek jou tas vat."

Ek het my greep op die band losgemaak en gekyk hoe hy die drasak op die kleedkamer onder die verligte maar stil TV-skerm plaas.

Hy het 'n knoppie op die afstandbeheerder gedruk en die skerm het swart geword.

Nou was dit eintlik net ons twee.

Die klein klanke het nou versterk gelyk.

Die sagte gesuis van die lugversorgingseenheid.

Die gebrom van lig bo ons koppe.

Die geraas van ys in die masjien reg buite die kamer.

Die gegorrel van water in die hoek Jacuzzi langs die bed.

Wel, miskien is dit tog nie so 'n standaard hotelkamer nie.

My hart het in my ore geklop.

Ek het probeer om my asemhaling gelyk te hou, probeer om op die hele situasie te fokus.

In wat hy besig was om te doen.

Hoekom hy dit gedoen het.

’n Sagte kreun het my ontgaan toe ek aan die moontlike eindresultaat dink, en iets het in my ingewande geklem.

"Debbie? Sit."

Hy het my hand gevat en my na die bed gelei.

My vel tintel van die kontak.

My knieë het outomaties gebuig, en toe rus ek op die rand.

My kort gestalte het dit vir my moeilik gemaak om regop te sit en steeds aan die mat te kon raak.

"Jy lyk pragtig vanaand."

Ek knip weer en kantel my kop na hom toe.

Niemand het my nog ooit mooi genoem nie, behalwe my ouers.

Haar oë het gefokus op die rok wat sy vanaand vir die dans gekies het, 'n rooi syromp met 'n roosdruk en 'n swart moulose lyfie wat vir 'n wye neklyn gesorg het.

Dit was een van my gunstelinge, hoofsaaklik omdat ek pragtig gevoel het, ten spyte van my klein lyfie.

’n Glimlag trek my lippe, bly dat hy ook daarvan sou gehou het.

"Ek-ek is jammer. Ek is net 'n bietjie ..."

"Dit is goed ek verstaan dit". Hy het langs my gesit en steeds my hand vasgehou.

Vir 'n paar minute was die enigste geraas wat ons gemaak het, ons asemhaling, sy normale, myne het wankel.

Hoe kan jy so kalm wees?

Ek het my blik op my skoot gehou, swaar gesluk soos toe ek op sy skoot gedwaal het ... Ek het die effense bult daar gesien.

Hy sal van tyd tot tyd my hand druk.

Uiteindelik, toe ek kalm gevoel het, het ek my oë na sy gesig opgeslaan.

Hy het na my gekyk.

Sy mondhoeke is nou omgedraai.

"Ek gaan jou soen, oukei?"

Ek het my ken gekantel in reaksie, en toe het sy hand my kakebeen mvou en my nader getrek.

My oë het gesluit toe sy warm lippe aan myne geraak het.

Hulle het eers liggies geraak en toe het hulle my harder gedruk.

Ek het sy hand gedruk, lug ingesuig, klein gille van verbasing wat my re bereik.

Sy hand het na die agterkant van my kop gegly, sy vingers begrawe in ie slierte van my hare.

Toe sy tong my mond trek, het ek geskrik.

Toe hy my onderlip byt, het ek gesnak.

En toe sy tong na binne gly, my tong skud, het ek gekreun.

Harry het aangehou om my mond met syne vas te hou totdat ons onge dans en mekaar geniet, en my gekerm meer gereeld geword het.

Hy het sy hand uit myne getrek en die knip losgemaak wat my astaiingbruin rimpelings vasgehou het.

Die sagte branders het oor my skouers gespoel, teen my ore en wange efluister voordat ek hulle weggestoot het sodat ek my kop stewiger kon ashou.

My hand het sy bobeen gekry en dit vasgedruk, wat 'n kreun by hom ntlok het.

Ons liggame het teen mekaar gedraai, senuwees het sag geword toe y my gehelp het om op die kwilt te gly.

Toe ek agteroor teen die kussings leun, het ek gesug en afwagting het ie angs in my gespanne spiere vervang.

Sy vingers streel my wange en my voorkop en nek, draai deur my legsels terwyl hy sy mond teen myne beweeg.

Hy was sag maar ferm.

In beheer, maar ook nie haastig nie.

My vingers het gelig om die kontoere van haar nek na te spoor, deur ie ligte stoppels op haar kakebeen, tot by haar golwende hare, wat haar op ondersteun.

Toe sy vingers na my skouer gly, oor die breë band van my rok lyf en my kaal arm borsel, hou ek my asem in my mond op.

Selfs deur haar rok en bra kon sy die warmte van haar aanraking vo

Ek het verlang dat hy my bors moet vat, om 'n bietjie die druk verlig wat ek ervaar het sedert ons ontmoet het.

Dit was so naby, maar dit het gelyk of dit daardie area doelbew vermy het.

"Jy proe so lekker." Sy mond het myne weer eens bedek voordat hy my ken, kakebeen en agter my oor beweeg voordat hy in die ronding va my nek gevestig het.

Sy neus het my gestreel, sy tong lek my vlees.

Ek haal diep asem en laat dit stadig met 'n kreun uitkom.

"Jy ruik ongelooflik."

Ek het gekerm, my vel tintel terwyl hy haar verwoes.

"Moet asseblief nie ophou nie. Mmm."

"Ek is nie van plan om dit te doen nie." Sy stem was gedemp terw hy saggies gesuig, peusel en dan lek met die gevolglike skerp pyne.

Ek het sy arms gegryp en myself aan hom geanker.

Sy warm lyf het teen my sy gedruk en vonke onder my vel aan d brand gesteek.

Ek wou dit bo-op my sit, maar ek het net nie die energie gehad nie

Of die guts om die inisiatief te neem.

Sy mond het skoenlapper soene op my skouer en in my keel laat lan

Toe hy weg is, het ek my oë oopgemaak.

Sy oë was vas, maar nie op my gesig nie.

Ek het voortgegaan op haar pad, en asem gesnak toe ek die voorwe van haar konsentrasie sien: die vinnige styging en val van my borste w teen die grense van die neklyn van die rok druk.

My blik het net betyds na sy gesig teruggekeer om te sien hoe hy lippe aflek.

"As jy wil hê ek moet stop, sal dit nou die tyd wees ..."

"Nee nee nee". Ek het my oë toegedruk en 'n koue rilling het deur my gegaan by die gedagte dat dit alles so vinnig kan eindig.

'n Sagte lag was sy enigste antwoord, en toe borsel sy lippe weer oor my keel.

Stadig en metodies het hulle elke duim vel bedek.

Soms het sy tong uitgeskiet en my laat sidder.

Ek het verskeie kere my asem teruggetrek soos dit laer beweeg het.

Toe sy lippe die swelling van my bors streel, gryp ek my romp, my lyf buig uit eie beweging na hom toe.

Die plat van sy tong streel die styging bo die soom van my swart satyn bra, en die gevoel van klam hitte het my gebrand.

Hy het beweeg, 'n arm op my maag gesit en sy kop gedraai.

My neus begrawe in haar hare.

Dit het 'n bietjie na vars lotion geruik na die was, en ek het met 'n sug uitasem.

My konsentrasie het verskuif toe ek voel hoe sy vinger teen die ronding van my klowing opkruip, in die spasie tussen my borste induik voordat hy onder die rand van die bra inskuif.

Sy tong het dit gevolg, en 'n kreun het uit die agterkant van my keel opgestaan.

My tepels was so hard dat dit seer was.

As hy net...

My lyf het gedraai en hom aangespoor om 'n bietjie laer te gaan, waar ek hom wou hê.

Waar ek dit nodig gehad het.

Toe ek my hand beweeg, letterlik probeer om sake in my eie hande te neem om die pyn te verlig, het hy weer beweeg en my arm gegryp en dit bo my kop opgelig.

Hy het hoog genoeg opgestaan om my linkerarm onder hom te bevry en dit met my regterarm verbind.

Hy het albei polse met sy regterhand vasgehou, sy mond weer na my bors laat sak en voortgegaan om my nou-brandende vel te aanbid.

"Asseblief ... ag asseblief Harry ..." prewel ek verby die gekerm wat hy van my af trek.

"Wat wil jy hê Deb?" Sy asem het deur die bra versperring gegaan en my nog meer seer gemaak. "Sê vir my wat jy soek."

"O ..." My gedagtes was vaag, en ek voel skielik weer skaam.

Hoekom kan jy nie net verstaan wat ek van jou vra nie?

"Kan dit wees?" Sy vingers borsel die onderste deel van my bors deur die rok en ek kreun. "Ja, ek dink dit is wat jy wil hê."

Hy het weer geterg, en uiteindelik het sy hand my bors omvou en saggies saamgedruk.

Sy duim borsel die tepel.

Selfs deur die materiaal van die bra het dit skokgolwe deur my hele lyf gestuur.

"O God!"

My oë het oopgebars en ek het my asem opgehou, na die plafon gestaar, maar niks gesien nie, verlustig in die feit dat hy uiteindelik aan my geraak het waar ek hom nodig gehad het.

Ek het gesnak toe hy sy hand opbeweeg en 'n vinger onder die rand van my bra inskuif en dit oor en oor direk oor my tepel vee.

Hitte het gejaag en tussen my bene opgedam.

Die wêreld het bedaar.

Sy lippe het my oor geborsel, sy asem brand en laat my steeds bewe.

My asem het gestop toe sy hand dieper in my bra gly om my heeltemal te bak.

Ek het sy vel effens grof gevoel toe hy my bors knie en my tepel tussen sy duim en sy ander vingers rol.

Ek het na hom gedraai, my mond soek syne.

Hy het gekreun, sy lippe teen myne gedruk en my weer op my rug gedruk.

Ek het onder hom in beweeg en sy kreun weergalm terwyl sy tong my mond vee en met my tong speel.

Hy het my bors nog een keer gedruk en toe sy hand teruggetrek.

Hy het my linkerpols losgelaat, sy hand oor my skouer laat gly en beide die band van my rok en my bra by my arm af getrek.

Koue lug het my nou kaal bors geborsel.

My tepel het pynlik styfgetrek.

Ek was uitasem, bewend, toe sy vingers by my arm afgly en dit stadig terug bo my kop lig.

Toe ek voel hoe hy iets om my pols bind, het ek myself outomaties geskud.

"Harry?"

"Ja, Debbie?" Hy kom af en soen my arm en op my bors, en suig my tepel in sy mond in.

"O!" Ek het vergeet wat ek hom gaan vra, my senuwees het skoongemaak met daardie eenvoudige aksie, en ek het teen hom geboë.

Hy het gegiggel terwyl hy my tepel met sy tong terg terwyl hy bo-op my klim en my ander pols loslaat.

Toe hy my regterbors ontdek, het hy sy mond na daardie kant toe beweeg toe hy daardie hand terug op my kop sit.

Ek het gesukkel om te sluk en kyk hoe hy my regterpols vasmaak.

"Jy is so sexy". Haar oë glinster toe sy langs my sit en staar na my kaal bors, my rok en bra net onder my borsbeeld.

Ek het saggies aan my polse getrek en die spanning gesluk.

Daar was genoeg speling vir my arms om teen die kussings te ontspan, maar nie genoeg om my te kon losmaak as ek wou nie.

"Ek het nie gedink jy sal onthou nie."

Wat het met my stem gebeur?

Dit het baie hees geklink.

"O, ek onthou. Ek onthou alles."

Daardie lui glimlag, daardie diep toon, daardie skielike donker kyk in sy oë het my hart laat klop.

My gedagtes het gehardloop om alles wat ons bespreek het te onthou ... en ek het gewonder of ek vergeet het om iets te noem.

Maar ek het my konsentrasie verloor toe hy onder my rug kom, my bra se sluitings loshaak en my rok lostrek.

Ek het my oë op hom gehou en oënskynlike fassinasie in sy oë gesien terwyl hy my rok geskud het, en meer en meer van my naakte lyf openbaar.

Hy het sy asem opgehou toe hy my swart satyn broekie onthul het.

Ek het na hom toe gestap en hy het gestop, my heupe gegryp en met sy duime heen en weer oor my bedekte vel gehardloop.

Met my naaktheid hervat, het die satyn van my romp my kaal bene geborsel en dan die rok eenkant gegooi.

Sy vingers het op my kuite gegly, tot by my knieë, en dan weer af om my hakke oop te knoop en te verwyder.

Ek het 'n skielike opwelling van woede gehad.

Ek het stadig met die punt van my tong langs my bolip gehardloop en my heupe beweeg.

"So jy hou van wat jy sien?"

Sy oë het opgeskiet na myne, en ek sweer ek het 'n flits van vuur in hulle gesien.

Hy het nie gepraat nie, maar hy gly sy vingers onder die soom van my broek in en trek dit stadig af.

Ek het gesluk, bewus daarvan dat ek regtig bekommerd was dat hy dalk sal hou van wat hy sien.

Koue lug het teen my geborsel, en ek kon nie help om my dye saam te druk nie, kreun en kriewelrig terwyl hy net na my gestaar het.

'n Paar keer het hy sy hand opgelig asof hy daar aan my wou raak, maar sy hand het teruggekeer na sy skoot.

Ek wens ek kon jou gedagtes lees.

Hy steek sy hand in sy agtersak en leun dan na my toe, borsel sy lippe teen myne.

"Is jy OK?"

Ek het 'n paar keer diep asemgehaal en toe geglimlag.

"Ja, ek is ok."

Sy oë het myne ontmoet, en hy het teruggeglimlag.

"Leuenaar."

Sy hande het oor my gesig beweeg.

’n Sagte lap het my oë bedek, die lig geblokkeer en die rekkie oor my op vasgemaak.

My asem het gehaak.

Ek kon dit nie vermy nie.

Hy was reg.

'n Deel van my was bekommerd dat ek te diep gegaan het.

Ek wou dit hê.

Maar sodra my beheer weg was, het my senuwees teruggekeer en ek as bang.

Nie noodwendig Harry nie, maar wat hy sou doen ... of nie doen nie.

Dit het gelyk of dit voorheen gedoen het.

Wat as ek nie aan jou verwagtinge voldoen nie?

HOOFSTUK III

Wat ons teruggebring het na my toe waar ek op die bed lê, heeltemal naak, geblinddoek en hande vasgebind aan die kopstuk.

Harry sit of staan in 'n ander deel van die vertrek en luister na herhalings van Wet en Orde.

Ek het baie getwyfel hy kyk televisie.

Ek kon regtig sy oë op my voel.

En dit was nie daardie ongemaklike gevoel as jy weet iemand kyk na jou en wonder hoekom en dan senuweeagtig rondkyk om die skuldige op te spoor nie.

In plaas daarvan het ek gevoel hoe die hitte deur my versprei, bly dat dit my die moeite werd gevind het om na te kyk.

Etlike minute het verbygegaan, die reeks het na 'n advertensie gegaan, en in die agtergrond het ek die duidelike klik van die hotelkamerdeur hoor oop- en toemaak.

"Harry?"

Daar was geen antwoord nie.

Ek het probeer om nie paniekerig te raak nie, maar kon nie anders as om aan my beperkings te trek nie.

Ek het niemand anders in die kamer gehoor nie, wat 'n goeie ding was.

Maar steeds...

My gedagtes het oor my gekom toe ek die deur weer hoor oopgaan.

Ek het my asem opgehou, die gekrinkel van ys in 'n glas en die gesis van 'n koeldrankblikkie gehoor.

Die hitte van 'n ander liggaam het my regterkant geborsel, en die bed het gesak onder die gewig van iemand wat gesit het.

Ek het gesnak toe 'n koue palm my regter tepel borsel.

"Het jy my gemis?"

Ek slaak 'n raar sug, verlig om Harry se stem te hoor.

"Vertel my iets die volgende keer as jy gaan!"

"Ek is jammer. Ek het nie bedoel om jou bang te maak nie."

Sy lippe het myne geborsel.

Ek het die stert op sy asem geruik.

Ons tonge het vir 'n oomblik geflankeer, en dan het hy teruggeleun.

"Moet ons begin?"

Ek het geglimlag en ontspan teen die kussings.

Ek het gehoor hoe hy sy glas neersit, en toe begin hy onder my kop vroetel en die trooster en komberse laat sak.

My vel het geprikkel, gaan hoendervleis toe sy hande teen my lyf geborsel het.

Ek het soveel as wat ek kon in my posisie gehelp deur my liggaam op te lig.

Toe sy al alleen op die koue lakens lê, het die gewig van die bed weer geskuif en die televisie raak stil.

"Jy kan niks sien nie, kan jy?"

Ek het my kop vorentoe geleun, na albei kante toe, en dan weer ontspan.

"Nee niks."

"Geniet dan. En nie 'n woord nie."

Ek knik en buig my polse en vingers.

Ek het geweet hy kyk weer na my, en hitte het tussen my bene opgebou.

Ek het my heupe beweeg, my tone gewikkel en toe my enkels gedraai.

Enigiets om my aandag af te lei.

My lippe was skielik droog en ek het dit gelek, gesluk en gevind dat my mond ook droog was.

Ek het myself gedwing om normaal asem te haal en te luister vir enige wenk van wat sy dalk doen.

Die lugversorging het afgeskakel, en toe hoor ek net hoe sy asemhaal.

Maar tog het dit my nie geraak nie.

Na nog 'n paar minute het my spiere ontspan en my bene het effens oopgegaan.

Sy asem het teruggetrek en ek het geglimlag.

Ek het gewonder of hy masturbeer, maar hy sou sekerlik 'n aanduiding daarvan gehoor het.

Ek gaan hom vra of alles reg is toe ek dit voel.

Dit was 'n baie ligte aanraking, direk op albei my tepels.

Ek het gekreun toe hulle hard geword het.

Die sensasie het afwaarts beweeg, die kurwe onder my borste en na die kante gevolg.

Dit was beslis 'n veer, die volheid het my vel geborsel soos die sagste vingerpunte.

Dit het oor my maag beweeg, my ribbes omlyn, my naeltjie omring.

My heupe het geruk toe die punt teen my liesarea geborsel het, waar my been by my lyf aansluit.

Ek het geskrik, koer.

Hy het die beweging herhaal, oor my heup beweeg en stadig weer terug, die lyn van my bekken volg.

Ek het gedraai toe hy die plat deel van die veer oor die bokant van my linkerbobeen hardloop.

Hoendervleis het weer opgekom en ek het my bene wyer gesprei en my voete gebruik om krag teen die bed te kry om op te stoot.

Harry het gegiggel.

"Geduld, Deb."

Maar hy het die veer langs die binnekant van my bobeen afgeskuif, onder my knie en kuit.

Ek het gelag toe hy die onderkant van my voet kielie.

Dit is verander om aan my regterkant te werk.

Ek kon die hitte van sy lyf oor my bene voel leun.

Die veer het dieselfde patroon op die ander been geteken, maar terug.

Van my voet tot my kuit, onder my knie en oor my bobeen, deur my pelvis en my ribbes.

Ek het my rug geboë en saggies gekreun terwyl my tepels teen die opgerolde mou van sy hemp borsel.

"Haai, moenie kul nie!"

Ek het geglimlag en my lippe afgelek, maar ek het gedra en teruggeleun.

Hy het weggetrek en ek voel hoe hy oor my kop beweeg.

Die veer het die onderkant van my regterarm na my gewrig getrek en my vingers geborsel.

Hy het sirkels op my oop handpalm getrek voordat hy weer by my arm af werk.

Die punt het oor my skouer, langs my sleutelbeen en oor my keel gevee.

Ek het my kop na links teen die kussing geleun en gesug terwyl hy ontwerpe op my nek nagetrek en my oor terg.

Toe hy die pen onder my ken inskuif, het ek my kop na die ander kant gekantel en weer gesug terwyl ek dieselfde bewegings oor my nek, oor my skouer en in my linkerarm en hand herhaal.

Ek het my vingers beweeg, die pen gly tussen hulle.

Hy het opgestaan en my liggaam laat smeek.

My vingers saamgeklem, weergalm vernouings, diep binne my.

Ek lek weer my lippe af, voel hoe my hart klop.

Gelukkig was dit nie lank verby nie.

'n Nuwe sensasie, ek skat 'n syserp, het my vingerpunte en albei arms gelyktydig afgeborsel.

Dit bedek my gesig, gly stadig by my neus en mond af om my nek te bedek.

Toe hy by my borste kom, het ek kreunend opgestaan.

Hy vryf dit heen en weer oor my seer tepels.

Toe streel die sakdoek oor my maag en heupe, borsel kort oor my pelvis op pad na my dye en voete.

Hy het die proses omgekeerd herhaal, versigtig om by die areas te :op waar hy van plesier gekreun het.

En toe is die sakdoek so vinnig weg as wat dit verskyn het.

Ek hoor hoe Harry deur 'n plastieksak vroetel, en toe lê hy weer op ie bed langs my.

Daar was 'n klik wat soos 'n plastiekdop geklink het.

Ek het gesnak toe iets koud my linkerbors bedek.

Sy tong het my tepel gelek voordat hy dit in sy mond ingesuig het.

"Oh!" Ek het in hom geboë, en hy het gehoorsaam deur sy tong oor ıy bors te sleep, sy hand bak en druk.

Toe hy blykbaar my linkerbors lek, het hy beweeg om op my regtersy : lê en die proses te herhaal.

Ek kon die hitte in my voel klop, smeek om aangeraak te word, en ek et gekerm.

"Ek weet, Deb. Ek weet." Hy het my regterbors gedruk en sy hand itgesteek om my te soen, met sy tong in my mond. "Mmm."

Ek het sjokolade geproe en daarmee gekreun.

Hy het my ken en nek gesoen en my skouer gestreel.

'n Koue straaltjie sjokolade het op my lippe geval, en ek het honger elek.

Sy vinger het tussen my lippe gedruk, en ek het dit diep in my mond ıgesuig en dit ook van sjokolade afgevee.

Toe kruip die koue my ken en keel op.

Dit het deur die splyting tussen my borste voortgegaan en my naeltjie esirkel.

Sy tong en lippe het stadig gevolg en my laat bewe van pgewondenheid.

Die matrasse piep toe hy wegstap, en toe hoor ek lopende water in ie badkamer.

Hy het 'n minuut later teruggekom en 'n warm waslap stadig oor my ek, my borste en my maag laat loop.

Die verandering in temperatuur het my laat snak en my liggaam h gerimpel.

Hy het weer op my linkersy gelê, sy hand oor my maag uitgesteek.

Hy masseer my vir 'n oomblik, sy mond bedek my linker tepel, peus en suig saggies.

Ek het probeer om af te reik om my vingers deur sy hare te tre maar my hande kon hom nie bereik nie, wat my herinner het dat ek bedwang was.

Ek klou eerder aan die lug en probeer my sy teen hom druk.

Sy hand gly op en omvou my bors.

Ek het gehuil van die skielike byt van 'n ysblokkie wat teen my tep vryf.

Ek het weggetrek, maar daar was nêrens om heen te gaan nie.

Koue water het oor my bors gedrup, ys het stadig om my tep gesirkel.

Dit was seer, maar die skielike pyn het verdowend aangenaa geword en ek voel hoe die hitte weer tussen my bene opstyg.

Ek tjank, probeer nou wegtrek, my vuiste gebal.

"Ssj. Shh."

Sy vrye hand druk weer teen my maag, hou my teen die bed v terwyl hy aan my gevoellose tepel suig en die water oplek.

Hy het weggetrek, en 'n warm handdoek bedek my bewende bors.

Ek moes gereed gewees het vir hom om op my regterbors te bewee maar die ysige ysblokkie in hom het my steeds verstom.

Ek het geskree, en weereens kreun ek en trek weg, ongeag sy pogin om my te kalmeer.

Die skerp pyn het teruggekeer, my tepel vasgedruk, die vel rondo dit verdoof.

Toe die ys smelt, het sy mond die water gelek en opgesuig, en t maak die handdoek my bors warm.

My kop was nou vaag.

Ek kon nie glo hoe opgewonde sy was nie, nog meer sedert die ysbehandeling.

Ek het 'n bietjie skuldig gevoel dat ek die kort pyn geniet het.

Die gevolglike plesier was ongelooflik.

Ek was bly dat Harry my polse vasgebind het.

Sy was seker sy sou hom probeer keer het as sy die kans gehad het.

Hoe lank is ons in elk geval al hiermee?

My gedagtes het teruggekeer na die hede toe die ys tussen my borste gly.

Ek het geskree en geboë.

Harry het my sye in sy hande gevang, my teen hom vasgehou terwyl hy die ys met sy mond in die middel van my lyf op en af sleep, my borste borsel sy wange.

Ek voel hoe die waterpoel in my naeltjie oor my heupe uitspoel.

Ek het nie gedink my liggaam kan ophou bewe nie.

Toe die ys verdwyn, het sy tong dit vervang en my vel wat nou onder die koue laag ys en water gesuis het, gelek.

Sy hande het beweeg om my borste te omvou en hulle toegedruk terwyl hy oor die neklyn in die middel streel.

Dit het my 'n oomblik geneem om te besef dat hy tussen my bene gelê het.

Ek het dadelik my knieë na sy heupe gelig.

Hy het so goed gevoel teen my genestel waar hy die nodigste aangeraak moes word.

Ek het gesug, op die hitte van sy harde bult wat deur sy broek sigbaar was.

Sy diep lag vibreer deur my bors.

"Goed. Ek verstaan die idee."

Hy het my losgelaat en van my bene af weggekruip.

Ek het gekla oor die skielike afwesigheid, maar sy hand op my heup het my gedraaide lyf kalmeer.

Sy vingers het tussen my krulle en my warm vel deurgewerk.

Ek het gesug.

My bene het weer gesprei.

Een van sy vingers het teen my gladde spleet gedruk en kort aan my klit geraak.

Ek het gekoer en my bene wyer gesprei.

Hy streel stadig met sy palm oor my buitenste lippe.

Elke nou en dan het hy sy vinger natgemaak, dit van die een kant na die ander gesleep en my laat snak.

Sy hand het gestop, my heuwel omvou en twee vingers gedruk en geswelde lippe versprei.

Ek het my asem opgehou toe sy duim my klit sirkel.

En toe gly 'n vinger laer.

Hy het daarmee gespeel en die rand van my gretige gat nagespoor voordat hy beweeg het om die mure van my binnelippe te borsel.

My heupe ruk, probeer hom al binne my afdwing.

Sy vrye hand het my heupe op die bed gedruk, en toe het hy my poes heeltemal gestreel.

Die hakskeen van sy hand het teen my bekkenbeen gerus terwyl sy eerste drie vingers afgly, in die vallei af, en saamgekruip om my klit te borsel.

En weer.

Dit was 'n wonderlike gevoel, om hom uiteindelik aan my te laat raak, wat die druk wat ek gevoel het effens verlig.

My hande saamgeklem, my lyf krom, sukkel om homself te bevry.

Ek kreun, gooi my kop terug op die kussing terwyl hy twee dik vingers binne-in my druk en dan my tepel tussen my tande suig.

Sy hand het versnel, hard en diep gedruk.

Die spanning in my maag het toegeneem, en ek het skreeuend my bobene om sy hand getrek.

Sy hand het gestop, maar sy vingers het aanhou beweeg, steeds tussen my bene begrawe.

Hy het aan my bors gesuig terwyl ek na my eerste klimaks gery het.

Toe ek my asem kry nadat ek klaar gekom het, het hy weggetrek.

Ek hoor hoe hy weer in die sak steek, en toe lê hy tussen my bene en sprei my bobene uit.

My asemhaling het weer gehaak toe ek voel hoe iets romerig en koud oor my poesie versprei.

Ek het geruk en aan my onderlip gesuig, nie in staat om te keer dat my heupe in hom boog nie.

Sy vingers het die binnekant van my bobene geborsel, en toe druk hy een vinger, gly dit op en af in my poes.

Ek het gesluk en diep asemgehaal net vir hom om sy vinger in my mond in te gly.

My lippe sluit om sy vinger.

Ek het gekreun oor die smaak van geklopte room met 'n sweempie van my eie seksuele sappe.

Terwyl hy aan haar vinger suig, streel hy dit in en uit, en boots na wat hy al voorheen onder gedoen het.

Dit was nie moeilik om daaraan te dink dat hy dit met meer as net sy vingers doen nie.

Om net te dink aan die feit dat hy my poes met geklopte room bedek het, en heel waarskynlik raai hoekom, gebaseer op onlangse ondervinding met sjokolade, my laat snak.

Hy het al meer kere met my gespeel as wat ek kon tel.

En hoewel ek vanaand al baie nuwe ervarings gehad het, het ek nooit gedink dat 'n seun my daar onder lek nie.

Ek het gevoel hoe hy op die bed sit en nie aan my raak nie.

Hy het lank en laag gegrom.

Dit was die sexyste klank wat ek nog ooit gehoor het, en ek kon nie anders as om dit te herhaal nie.

Die onderste laag van die geklopte room het begin smelt en het om my klit gedrup.

Ek skuif, kreun saggies toe hy nog geklopte room tussen my lippe druk.

Ek het vantevore skeerroom daar gesit toe ek my poes probeer skeer het, en die gevoel was nou net so eroties, druk en streel my sensitiewe vel.

"Ons raak 'n bietjie fighter, nie waar nie?"

Ek het 'n onverstaanbare geluid van ongeduld gemaak, en hy het gelag.

Ek was net so lief vir sy lag as sy sexy grom.

Ek het gesukkel om te sluk, en was lief vir wat hy geestelik en fisies aan my doen, ten spyte van my intermitterende frustrasie.

Harry trek met sy vingers oor my linkerbors, langs die swaar kurwe onder, oor die sagte branders aan die bokant, wat die areola omlyn.

Hy het my bors bak en masseer.

Sy duim en wysvinger het my tepel geknyp.

Ek het my lip gebyt om nie te skree nie.

Hy vryf die harde knop saggies van kant tot kant, druk dan sy handpalm daarteen en verlig die skerp pyn.

Sy hand het in die middel teen die neklyn afgegly en my regterbors geborsel.

Sy vingers het weer aan my geraak, my vel geëlektrifiseer en nuwe vuur tussen my bene gestuur.

Toe hy my tepel knyp, het ek na hom toe gerol en hom gewillig om my mond weer daarop te sit.

"Baie verstandig."

Sy asem het my wang geborsel, sy tong het my kakebeen gevee, en toe maak hy my wens waar.

Sy lippe het oor my tepel gesluit en die skerp pyn wat ek geskep het, saggies ingesuig.

Ek wieg van kant tot kant en kreun.

Ek voel hoe die geklopte room nou aan my bobene kleef, en ek het gewonder of ek vergeet het.

Ek wou nie hê hy moet ophou om my bors te lek nie, maar skielik wou ek hom af hê.

Ek wou weet hoe dit voel as sy tong my daar terg, net soos hy my epel terg.

Hoe dit sal wees as die punt van sy tong in my druk, sy tande byt my ladde vel.

Hy het weer die plat deel van sy tong oor my tepel getrek en toe langs ny lyf afgegly, gesoen en knibbel en elke duim van my vel langs die pad elek.

Kort voor lank het hy tussen my bene gelê.

Hy het my heupe gesoen en toe sy tong oor die aansluiting tussen my ene en my bekken gesleep.

Hy het 'n nuwe laag geklopte room bygevoeg, en toe het sy arms nder my bobene toegedraai en geskei.

Ek het gekreun, my lyf kramp effens.

Ek voel sy warm asem teen my sagte krulle.

Ek het gehuil toe sy tong uitkom en aan my klit raak.

Ek sprei my bene wyer en hy lig my naakte poes nader aan sy mond.

Sy tong lek weer vir my, en ek kreun van verligting.

Sy vingers masseer my bobene terwyl hy dieper langs my poesie lek.

Ek het die sagte geluid van sy tong gehoor wat die mengsel van my og en die gesmeer roombedekking lek.

Sy tong was oral en het geen skeure ontbreek nie.

Dit was 'n stadige en kronkelende proses, en ek het gebid dat dit nie ou sou ophou nie.

Ek laat los, my heupe ruk onder sy mond.

Toe hy aan my klit suig, het ek weer geskree.

Toe hy die punt van sy tong teen my druk, het ek gekreun.

Ek kon nie genoeg van hom kry nie.

En ek wou meer as ooit aan hom raak.

Ek het my beperkings vervloek ... en hulle het terselfdertyd steeds die pwekkingsvlak verhoog.

Ek het nog nooit so 'n verskeidenheid gevoelens op een slag deur my ehad nie.

Ek het 'n tweede keer gekom toe sy vinger weer in my binneste gly.

Hy het my deur my orgasme gestreel, sy mond klou steeds aan n klit, sy warm asem wat gemeng het met my eie warmte en nattigheid.

Ek het van my klimaks af gekom toe ek die ysblokkie voel en skree.

Ek het hom in my ingedruk, en koue water het tussen my bou geloop.

Sy vingers druk, hou die ys in plek, laat my hitte dit smelt.

Ek het gevoel hoe my spiere om sy vingers styf trek, en hy streel hul stadig in en uit op dieselfde tyd as my gille.

Nog 'n ysblokkie het by die toneel aangesluit, hierdie keer teen n klit.

Ek het in nog 'n orgasme geval, my kop rol heen en weer tussen n opgehewe arms, voel hoe die ys en sy vingers my streel.

Sy mond lek weer my poesie soos ek onder hom deurkrummel.

Op een of ander manier het my vingers daarin geslaag om die kussi vas te gryp.

Ek dink ek het 'n paar vloeke geskree omdat Harry gegiggel het e iets oor my gesê het soos 'jy is 'n slegte meisie', die geluid wat teen my v vibreer.

Uiteindelik het hy my 'n bietjie verligting gebied en weggestap en n bene op die bed laat sak.

Ek het gehyg, my oë styf.

My liggaam het aan die brand gevoel, asof niks wat ek tot dusv gedoen het dit heeltemal bevredig het nie, en tog het ek uitgeput gevo

Sy mond het myne bedek.

Ek het daarin geslaag om die krag te vind om hom terug te soen e my eie soet muskus op sy lippe te proe en te ruik.

HOOFSTUK IV

Ek het seker aan die slaap geraak, want my volgende gedagte was om te wonder hoekom ek met my gesig na onder op my maag gelê het.

My polse was steeds aan die kop van die bed vasgemaak, bokant my kop.

Ek was steeds geblinddoek en nog kaal, maar ek het omgedraai.

Ek sug, voel hoe my borste teen die warm laken druk, my gesig in 'n kussing wat tussen my kop en my arms lê.

Hy kan nou die houtlatte by die kopstuk bereik.

Ek het hulle liggies gegryp en my sweet en parfuum op die kussing geruik.

Ek was op die punt om Harry te bel toe ek warm vloeistof op my skouerblaaie voel, en toe die sensasie van hande wat die vloeistof oor my vel versprei.

Dit het na laventel geruik.

"Welkom terug Deb. Jy het 'n bietjie slapie geneem." Hy leun af en soen my wang. "Ek het die situasie benut en jou herposisioneer. Voel jy oukei? Is jou arms seer?"

Ek het geglimlag en geprewel:

"Nee, dit gaan goed met my".

"Wel."

Hy het my weer gesoen en toe begin om my rug en skouers te masseer.

Sy vingers het oor die vel gegly weens die olie.

Sy hande het saggies aan my spiere gedruk en getrek, en kreun en versugtinge uit my binneste uitgetrek.

Ek het al verskeie masserings gehad, maar nie een was so sensueel nie.

Dit het my meer aangeskakel as wat dit werklik enige opgekropte spanning verlig het.

Sy vingers beweeg na die basis van my kop, masseer my kopvel en agter my ore.

Ek het stadig asemgehaal en onthou waar anders daardie vingers my gemasseer het.

Toe hy klaar was met my nek, lig hy sy arms na my hande.

Ons vingers ineengevleg, bevlek met olie.

Hy het my hande gedruk en teruggekom na my rug en sye.

Ek het geskrik toe sy vingers my borste borsel en die olie om my bors vryf waar sy vingers kon bereik.

Ek kreun nou, voel die gewig van sy lyf tussen my bene, druk teen my gat.

Ek het geskrik toe ek voel hoe sy bult verhard, maar hy het teruggestap en my bene nou gewerk.

Ek het gekerm en my gesig in die kussing begrawe om die geluid te demp.

Hy het my voete klaargemaak en sy hande stadig langs die agterkant van my bene afgegly, oor my boude, langs die agterkant van my middel, heupe en langs my sye gedruk.

Sy vingers het weer die kante van my borste geborsel, en toe lê hy bo-op my, sy mond teen my nek.

Hy het my hare agteroor geborsel en aan my regteroorlel geknibbel, wat my laat kreun het.

Ek het gesug en my gat teen hom beweeg, en voel hoe sy hardheid terug klop.

Sy wou nie bedel nie, en het ingestem om niks te sê nie, maar sy was warm en ongemaklik ten spyte van die massering.

Hy het meer nodig gehad.

"Harry?" Ek tjank en boog weer op.

"Ja, Debbie?"

Dit het na pret geklink.

Asof jy hiervoor wag.

Hy het teen my gedruk.

Ek het gegrom.

"Asseblief?"

Hy het my nek gelek.

"Dit asseblief?"

"Asseblief..."

"Hmm?" Hy het opgestaan, ek het die geritsel van sy klere gehoor en toe langs my gaan sit, sy kaal bobeen teen my skouer.

Sy hand streel my laerug, streel my gat.

"Wat wil jy hê Deb?"

Ek kon vir 'n oomblik nie asemhaal nie, met die wete dat sy piel daar is.

Ek het gekerm en toe op my onderlip gebyt.

"Laat ek sien."

Hy het die blinddoek verwyder en ek moes verskeie kere knip om by die lig aan te pas.

Ek het sy kaal skouer en 'n doringdraad-tattoo opgemerk wat sy linkerbiseps omsingel het.

My oë het afwaarts beweeg, en ek het gevoel hoe iets diep binne-in my van begeerte draai toe ek sy piel, hard en dik op haar bobeen sien.

Hy het direk na my gewys, sy kop helderrooi.

Ek hou my asem op en draai my gesig na die kussing en vat weer die latte op die kopstuk vas.

"Dit is al?" Sy hand het laer beweeg en die binnekant van my bobene gestreel.

Ek het gekreun, kreun.

"Geen."

"Wat meer wil jy hê Deb?" Sy stem was sagter, harder.

Ek het myself gedwing om te sluk en my oë toegemaak.

"Jy. Ek wil jou hê. Asseblief."

"A) Ja?" Sy vingers glip deur my nattigheid en vryf teen my klit.

Ek het gesnak, my oë klap oop.

Op een of ander manier het ek dit reggekry om weer my stem te vind.

"Ek will meer he."

Hy streel my stadig.

Sy vingers het in my ingegrawe.

"A) Ja?"

"Ek will meer he."

Ek het gesukkel om my knieë onder my te kry, my bene wyer te sprei en hom dieper te voel.

"Wat van die?" Sy stem was 'n warm fluistering in my oor.

Ek het gekerm toe ek voel hoe hy sy piel teen my druk, dit heen en weer tussen my buitenste lippe streel.

"Ag asseblief ja!"

"Wat wil jy hê moet ek volgende doen, Deb?"

My tong het gevries.

Ek het net vuil goed in my kop gedink.

Ek het nooit gedink om sulke woorde hardop te sê nie.

Tot nou toe.

Maar hy kon hulle nie sê nie.

Ek kon net nie...

Hy het oor my rug geleun, sy piel tussen my boude, en in my oor gefluister:

"Wil jy hê ek moet jou naai Debbie? Wil jy hê ek moet dit baie stadig doen?"

Ek het verstik en dan so verwoed geknik dat my nek pyn van die inspanning.

Hy het gegiggel, teruggesit en my linkerheup met sy sterk hand gegryp.

Ek het gevoel hoe hy sy piel beweeg totdat dit tussen my buitenste lippe rus.

Die druk het toegeneem.

My hele lyf het gespanne.

Sy het baie keer met speelgoed gespeel, so sy was gewoond aan die grootte van sy haan.

Maar ek het net gedink hoe dit sou wees om haar ware in my inneste te voel.

Ten spyte daarvan dat ek opgewek en verwyd was, was ek steeds ekommerd oor die pyn.

Hy het my knieë in syne gedruk, en hulle het nog verder op die lakens egly.

Hy het weer gedruk, en hierdie keer het hy ingegaan.

Ek het weer verstik, my gesig in die kussing begrawe en gemaak asof it sy vingers in plaas van sy piel was sodat ek kon ontspan.

En net soos belowe, baie stadig, duim vir duim, het hy my warm, nat oes binnegegaan.

Ek kon die gevoel nie glo nie.

Daar was geen pyn nie.

In plaas daarvan was daar 'n sterk, kloppende hitte.

En plesier.

O wat 'n plesier!

Ek het gedink dit sal nooit ophou nie, en toe doen dit, en ons het bei baie stil gestaan.

"Is jy oukei Deb?"

Een hand het nog my heup vasgehou

Die ander het die klein van my rug gestreel.

Ek het daarin geslaag om "Ja" te sê.

Hy kon hom net ons erotiese toneel voorstel: ek hande-viervoet, my olse vasgebind aan die bed, my boude na hom toe opgelig.

Hy het agter my gekniel, sy piel diep in my begrawe, sy hande op my eupe.

Die skuddings het deur my geloop.

Ek het myself nooit onderdanig voorgestel nie ... tot vanaand.

Hy het begin wegtrek.

Hy het sy pad stadig gebaan, 'n bietjie na buite, terug na binne; Hy et nog 'n bietjie uitgegaan, heel terug, totdat hy gegly het sodat net die op van sy lid binne oorgebly het.

Dit was 'n indrukwekkende ervaring, en ek kon net klein aaps va plesier uitblaas terwyl sy beweeg.

Sy twee hande het my heupe nou vasgegryp, en hy het my stadig en uit genaai, my lyf heen en weer teen hom geskud.

Hy het in ritme gekom, en ek het gevind dat ek op dieselfde mani uit eie vrye wil beweeg.

Toe hy heelpad afdruk, stilstaan vir 'n ekstra diep stoot, sy balle tee my gat begrawe, het ek harder gekreun.

Ek het tyd verloor, net die sensasies geniet:

Sy hande op my lyf.

Sy piel binne my.

Die dowwe geluid van hom wat in my poes gly.

My hart het in my kop geklop.

Ons swaar asemhaling.

Ek weet nie of hy iets gesê het nie, maar ek was so gefokus op d groeiende druk in my dat ek nie dink ek sou hom gehoor het as hy h nie.

Hy het nie te alle tye sy spoed verhoog nie.

So is die hele ervaring verskerp, die plesier verkry.

Hy het effens geskuif, moontlik om die druk op sy knieë te verlig.

Dit maak nie saak hoekom hy dit gedoen het nie, maar hy het ook binne beweeg en ek het geskree en besef dat hy my G-kol getref het.

Hy het stilgehou in sy toevlug.

"Debbie? Het ek jou seergemaak? Is jy oukei?"

"Daar!" Was al wat ek kon sê, my asem het in my keel vasgetrek e hom stilweg aangespoor om voort te gaan.

Ek het die latte op die kopstuk gegryp en teen hom probeer dru maar sy hande het my gestop.

Hy het vorentoe gedruk, en ek het geskree toe hy hom weer slaan.

"Daar!"

"Ag. Het dit, Deb. Het dit."

En hy het.

Oor en oor gly hy diep in daardie perfekte plek in.

Die rand het al hoe nader gekom.

En toe draai ek om en skree al die pad.

Ek het teruggesak teen die bed, maar hy het aangehou streel en woorde van bemoediging gefluister.

Hy het skaars verstaan wat hy sê, maar sy diep stem was vertroostend.

Ek het gevoel hoe sy hande my stywer druk.

Sy heupe het in my boude geslaan, 'n warm stroom het diep binne by my ingekom, ek het saam met hom gehuil, en toe was ons stil.

Verbasend genoeg het hy my weer begin streel, so stadig soos voorheen, en ek het nog 'n orgasme gekry.

Terwyl ek onder hom skud, reik Harry tot bo my en maak my polse los.

Ek het sywaarts geval.

Hy het my terug teen sy bors getrek, steeds binne my.

Trane het in my oë gekom toe een van sy hande my bors bedek en my streel.

Sy ander hand het geval om my heuwel te bak, sy vingers gly tussen my dye om my klit te vryf.

En ek het vir die vyfde keer gekom.

Op 'n stadium het ek sy hande weggetrek.

Ek het gevoel hoe sy piel uit my gly en teen my been leun.

Hy het soene langs my skouerblad uitgesprei en my in die lepelposisie teen hom gehou.

Toe ek terugkom na die werklikheid en my asem skep, het ek omgedraai om na hom te kyk.

Sy arms het om my gevou en my nader getrek.

"Ons het nie die borrelbad gebruik nie," prewel ek teen sy skouer.

"Wat, nie genoeg plesier vir een aand nie?" Hy het gegiggel en sy lippe teen my voorkop gedruk en my hare agter my oor geborsel. "Uitboek is eers môremiddag. Ons het dus genoeg tyd."

Ek het my kop agteroor geleun sodat ek in sy donker oë kon kyk.

Hulle het swaar gelyk, so slaperig soos myne.
Ek het daarin geslaag om my gaap met 'n glimlag weg te steek.
"Goed, want ek kort my wraak en ek is 'n teef."

EINDE

OORHEERS SUSAN.
DIE NUWE WERK
(EROTIESE OORHEERSING)
DEUR
ERIKA SANDERS

VOORWOORD

Robert is 'n volwasse suksesvolle sakeman, getroud met 'n seun op dieselfde ouderdom as Susan.

Hulle families is al baie jare hegte vriende en hy het gesien hoe sy groei tot 'n lieflike jong vrou.

Hy het altyd 'n openlike vriendskap teenoor die meisie getoon en het haar oor die jare bewus gemaak van sy voorliefde vir haar.

In die geheim het sy vriendelike verhouding en sy liefde vir die meisie sy baie donker begeertes verberg, sonder enige kans om dit waar te maak.

Haar totale onderwerping aan hom was die enigste droom, in haar donkerste gedagtes en een wat sy wou bewaarheid.

Susan is 'n pas afgestudeerde meisie met 'n besigheidsgraad in die hand en gretig om die wêreld te ervaar.

Op die punt om sy eerste regte werk te begin, 'n pos aangebied deur Robert, 'n familievriend, uit respek vir sy pa en erkenning van sy vermoëns.

Maar ook, sonder haar medewete, aangevuur deur sy begeerte om haar te besit.

Sy is 'n gawe, sensuele maar lieflike meisie wat dieselfde kêrel, Peter, sedert haar eerstejaarsjaar op universiteit gehad het.

Hulle is avonturiers, maar hulle versteur nooit hul wêreld nie.

Sy weet wat sy wil hê, of dink sy weet, maar sy is regtig baie gehoorsaam om haar deur die paaie van haar lewe te laat lei.

DIE NUWE WERK

Hy staan voor die gebou, sy oë staar na die glas- en staalfasade.

Kyk na al die goedversorgde mans en vroue wat by die ingang in en uit haas.

Sy kyk na haar eie kortrompiepak, trek haar pas op en gaan in.

Sy voel klein en 'n bietjie geïntimideer deur mans wat bo haar ses voet vyf uittoring toe sy op die hysbak klim en haar nuwe werkgewer se besigheid betree.

Terwyl sy rondkyk, sien sy hoe hy by die ontvangstoonbank met 'n bom-blonde vrou praat en flirterig giggel, sy glimlag verlig sy gesig terwyl hy na haar draai.

Sy bloos sonder om te weet hoekom en beweeg na hom toe met haar hakke wat op die teëlvloer klik.

Sy arm omvou haar skouers beskermend terwyl hy haar aan die meisie by die lessenaar voorstel.

"Anne, dit is my klein Susy!"

Sy bloos, staan dan regop en steek haar hand uit.

"Hallo, eintlik is my naam Susan, lekker om jou te ontmoet."

Hy rig haar met 'n konstante hand op haar skouer na verskeie departemente en ander bestuurders.

Hy stel haar voor as Susan, waarvoor sy dankbaar is, en wat haar beste maniere wil stel in hierdie wêreld van groot wedywering.

Sy bly die hele oggend naby hom en probeer 'n wye verskeidenheid name memoriseer voordat hy haar uiteindelik na sy kantoorpakket lei.

Hy wys vir haar die lessenaar in die voorkamer wat syne sal wees vir die meeste van die tyd wat sy hier is.

Sy sit haar beursie weg en trek haar vingers liggies oor die goed gekose meubels.

Sy word na sy kantoor gelei waar hy wys na die weelderige donker meubels, alles leer en mahonie.

"En dit is waar ek werk."

Hy verlaat haar sy vir die eerste keer en gaan sit by sy lessenaar.

Sy voel vreemd eensaam wanneer sy in hierdie groot kantoor voor hom staan.

Hy neem 'n paar sleutels en praat verder:

"Aan die linkerkant, agter die ontspanningskamer, vind jy 'n deur na 'n klein kombuis. Dit onthaal kliënte dikwels. Die yskassie moet altyd gevul wees met wat op die lys is, en daar is 'n spyskaart. Jy moet leer om al die kos te kook. geregte, ingeval die kok nie beskikbaar is nie. Ek sal dit in jou opleidingsprogram plaas."

Hy het vinnig agter haar aanbeweeg, haar na die deur gestoot en dit oopgemaak.

Grootoog en in verwondering oor die grootte van die maatskappy en die kantore wat sy besit, al wat sy kan doen is om dwaas te knik.

"Dit sal so wees."

“Ja meneer,” sê hy met ’n glimlag, maar die erns van sy stem skud haar.

"Ja meneer ". Sy reageer outomaties.

Hy vat haar aan die arm, beweeg uit die kombuis en lei haar na 'n ander slaapkamer met die deur teen dieselfde muur.

"En dit is my privaat badkamer, jy kan dit gebruik, maar net met my toestemming, verstaan jy vir Susy?"

Sy knik weer woordeloos na die weelde van hierdie badkamer, en herstel wanneer sy voel hoe hy styf word, stamelend:

"Ja meneer".

Hy glimlag vir haar gehoorsaamheid.

"Hy sal die werknemerstoilet in die gang gebruik as hy behoeftes het en ek nie hier is nie."

Sy is hierdie keer vinniger.

"Ja meneer".

Aan die ander kant van die kamer, twee soortgelyke slaapkamers met eure wat hy vir jou wys.

"Hierdie is 'n privaat vergaderkamer," kyk sy vinnig terwyl hy haar fjaag, "... en dit is waar ek rus as ek op die dorp moet oornag."

Die kamer was donker en 'n groot hemelbed en vreemde bankies het n die groot kamer opgedoem.

Hy het skaars tyd gehad om dit te voel voordat hy die deur op hom oegemaak het.

Hy neem haar terug na sy lessenaar, skakel die rekenaar aan en wys aar persoonlike boodskapdiens vanaf sy kantoor na sy rekenaar wat ltyd aan en oop moet wees.

Tevrede met die gepaste "Ja" op die regte tye en sy natuurlike eneigdheid om behulpsaam te wees, laat hy haar op die lessenaar om omself met sy nuwe omgewing te vergewis.

Hy toets haar aandag deur vir haar klein kitsboodskappe te stuur en limlag vir haar onmiddellike antwoorde terwyl sy die opdragte lees en erskillende tye wat hulle by haar by haar lessenaar gekla het.

DIE WERKLIKE BEROEP

Hy was geduldig en vriendelik toe sy met haar nuwe werk binne sy maatskappy kennis gemaak het.

Hy het gereeld met haar gepraat deur die kitsboodskapskerm gedurende tye wanneer sy nie in vergaderings was nie, of buite die maatskappy, haar gevra oor haar familie, vriende, hoe dit met haar kêrel gaan, haar laat voel soos sy. Jy sien jou liefde en opregte belangstelling in haar lewe.

Gedurende die besige eerste weke van sy opleiding het hy die tyd geneem om met haar te konsulteer en haar skedule aan te pas indien nodig, deur haar mentor, haar vriend en soms 'n streng vaderfiguur te word.

Hy het met haar geskerts, speletjies gespeel en vriendelik gesels.

Die gesprekke het geleidelik meer intiem geword met verloop van tyd.

Hulle het dikwels waarheid of durf op die rekenaar gespeel, en in die speletjie het hul vrae meer persoonlik en direk geword.

Toe bly hy stil terwyl hy sy laaste antwoord lees.

Hy het verwag dat so iets sou gebeur, maar hy het nooit regtig verwag dat dit sou gebeur nie.

Hier het sy die waarheid gespeel en hier was die kans om weer saam met haar te waag.

Sy het altyd die waarheid gekies ... en sy het net gebieg dat sy 'n pak slae van haar kêrel gehad het, en dat sy daarvan gehou het.

Daarmee sou hy sy droom begin verwesenlik.

Sy het geweet sy sal dit waarskynlik nooit weer met hom speel nie, en het amper teruggedeins, en gedink sy wil ophou, of erger nog, vir iemand in die geselskap en dan haar familie vertel.

Hy moes egter aanbeweeg.

Sy lang begeerte het hom gedryf, en hy het begin skryf.

Sy het nie gekies om te waag nie, maar hy het aangehou skryf ...

***

"Ek daag jou uit om my te laat slaan, Susy."

Sy het gestaar, kon nie glo wat sy lees nie.

Sy het na aan hom gegroei, hom aanbid en die manier waarop hy vir haar omgee en haar so spesiaal laat voel het, amper asof sy haar pa is.

Miskien het hy weer met haar gespot en nie geglo wat sy hom die vorige aand oor hul afspraak vertel het nie.

Haar gedagtes het gedraai terwyl sy gedink het hoe sy gevoel het om deur haar kêrel geslaan te word en sy het in haar sitplek gedraai terwyl sy besef het dat sy moet reageer.

Hy het na die skerm gestaar, die boodskapblokkie was leeg, vir nou, en wag vir sy antwoord.

***

Hy het begin skrik, maar toe sien hy sy skryf.

Sy hart het vinnig geklop, en hy het paniekerig geraak, voor hy uiteindelik sien wat sy skryf.

"Ja meneer."

Sy het vinnig getik en haar aangespoor om op haarself en haar geluk op te tree:

"Gaan dan in my kantoor in en maak die deur toe. Wanneer jy by my kantoor ingaan, sal jy al my bevele gehoorsaam, jy sal op my skoot lê sonder om te praat en jy sal jou aan my pak slae onderwerp."

***

Sy knip haar oë vir sy antwoord.

Hierdie wedstryd het ernstig geword, maar dit was net 'n speletjie, reg?

Het hy haar getoets?

Moet ek teruggaan?

Hulle was albei senuweeagtig en gespanne vir hul eie redes, vasgenael voor die rekenaarskerm.

Sy wou nie die eerste wees wat terugdeins en dat hy haar terg nie.

Sy het geskryf:

"Ja meneer".

***

"Kom dan na my kantoor toe, Susy, en maak die deur toe."

Daar was geen antwoord nie, maar sy het haar kantoor binnegestorm en die deur toegemaak soos 'n beangste haas, ongelowig oor wat sy pas aanvaar het, en dink dat hy nog met haar speel.

Hy het oënskynlik onbewoë gesit terwyl sy liggaam na haar seer, en sien haar vrees, verwarring en die hitte in sy oë wat haar aan die gang gehou het.

"My skoot wag"

Sy gee 'n tree vorentoe en hy lig sy hand op, stop in die middel.

"Jy het ingestem om my te gehoorsaam om hierdie kamer binne te gaan, nie waar nie?"

Sigbaar bewend het sy gefluister:

"Ja meneer".

Hy het na die grond gewys, was aangemoedig en grom,

"Kluip na my toe."

Hy het gekyk hoe die emosies op haar gesig speel, onwilligheid, vrees, vrees, opgewondenheid en uiteindelik onderdanigheid.

Hy los die asem wat hy ophou terwyl hy kyk hoe die begin van sy droom waar word, haar klein lyfie wat op haar knieë sak en dan in sy hande terwyl sy na hom toe begin kruip.

Hy voel hoe sy piel ruk by die aanskoue van haar.

Dit was uiteindelik syne, al was dit net vir vanmiddag.

***

Sy kon nie glo sy doen dit nie, hierdie man wat sy haar hele lewe lank geken het, gaan haar regtig slaan.

Die wedstryd het te ver gegaan, maar hoekom het hy dit nie gestop nie?

Sy besef dat sy hom wou hê!

O God, wou sy hom hê?

Was daar iets fout met haar?

Hoekom het dit so gevoel?

Haar oë sluit op sy sterk lyf in sy groot stoel toe sy sy voete bereik en gly soos 'n slang beweeg sy op sy skoot.

Hy het geweet dit is verkeerd, maar hy kon dit nie help nie.

Sonder woorde, sonder bespreking, sonder om haar te streel omdat sy 'n goeie meisie is, het sy hand hard in haar gat geslaan, en sy het gegil.

***

Hy kyk na die pragtige engel wat na hom toe kruip, sy gedagtes wat na die donkerste plekke toe gaan en moet terugdeins, so jonk en beïnvloedbaar dat hy nie sy waarde besef het nie.

Hy het al sy wilskrag gebruik om passieloos te bly terwyl sy op sy skoot gly, seker hy kan hierdie hardheid in haar maag voel terwyl hy haar romp oplig, 'n pienk riempie ontbloot, sy hand oplig en haar met al sy mag slaan.

Al het hy dit net een keer geniet.

Kyk hoe haar gespanne spiere rimpel onder aanval en haar handafdrukke gloei rooi op haar wit vel.

Sy gil en hyg:

"Ohhhhh thatooo hurtsleeeeee".

Sy gil en draai haar bene skoppend terwyl hy haar weer diep sweep.

***

y verloor tred met die pak slae soos pyn haar lyfie vul en haar warm ıaak.

Sy merk die hitte wat in haar klein poesie begin en die nattigheid op aar bobene terwyl hy haar sweep.

Verlore in sy warmte en moet skree, klein traantjies streel haar wange.

***

y hand raak lam terwyl hy haar hard sweep terwyl hy die styfheid van aar harde spiere geniet, haar gille en pleidooie dat sy moet ophou om om te slaan terwyl hy haar klein gat helderrooi verf.

Hy stop toe hy sien haar nat tussen sy bene, ongelooflik, haar lyfie uk op sy skoot.

***

Iaar gedagtes is opgesluit in die krag van hierdie man terwyl sy hyg en kree.

Terwyl hy aanhou om haar hard en vinnig te sweep, neem haar ggaam oor soos haar gedagtes tol, voel sy die hitte en opgekropte ehoefte aan 'n te onbekwame kêrel en verloor in die sensasie van haar oms, hard word, en haar orgasme. spuit op haar dye met hierdie envoudige pak slae.

Sy voel hy stop en sterf binne.

Sy skaamte vul haar terwyl sy hygend en snikkend op sy skoot bewe.

Die warmte van haar bloos het haar gesig gevul, so verleë, hoe kon sy it gedoen het?

***

Iy glimlag terwyl hy sien hoe haar gesig spoel van verleentheid, haar in lek hou, wetende dat dit haar oomblik is.

"Gedurende die volgende week sal jy my slaaf word. Dit sal jou oninklike beroep wees. Jy sal my gehoorsaam in alles wat ek jou beveel.

Jy sal te alle tye in sig bly en my toestemming vra om te vertrek indie nodig, al is dit net om gaan badkamer toe. Ek sal jou besit en jy sal n gehoorsaam. Aan die einde van 'n week sal ons weer hieroor praat."

***

Sy lê op sy skoot en voel die orgasme van sy pak slae en luister na woorde.

Dit is 'n stelling, nie 'n vraag nie.

Hy besef dat hy hom nie opsies gegee het nie.

Sy kantel haar kop in skaamte, bewe oor wat sy pas gedoen het.

En sy kreun:

"Ja meneer"

DIE STORIE SAL VERDER IN DIE VOLGENDE VOLUME: DIE REËLS

www.ingramcontent.com/pod-product-compliance
Lightning Source LLC
LaVergne TN
LVHW101954220826
846093LV00006B/224

* 9 7 9 8 2 2 3 1 7 6 7 7 0 *